Lynx en danger !

À la mémoire de mon
grand-père, Raymond
E. T.

Loi n° 49-956 du 16 juillet 1949 sur les publications destinées à la jeunesse,
modifiée par la loi n° 2011-525 du 17 mai 2011.
ISBN : 978-2-09-253838-8
N° éditeur : 10244846
Dépôt légal : mai 2012
Achevé d'imprimer en mars 2018 en France par Pollina (85400 Luçon) - 84393

Emmanuel Trédez

En avant foot

Lynx en danger !

Illustrations de Clément Devaux

Nathan

Raymond est le grand-père de Morgane et l'entraîneur des Lynx.

Calme, toujours de bonne humeur, **Luigi** est le capitaine et le meneur de jeu de l'équipe.

Arz est la nouvelle recrue des Lynx : un attaquant de première classe !

Plop vient de la planète Kawa. Il est aussi modeste que talentueux dans les buts.

Enguerrand n'a peut-être pas une grande technique, mais il ne lâche rien !

Après avoir décroché la coupe de l'école, les Lynx vont tenter de remporter la Coupe des vainqueurs de coupes de Tipari.

Malik est un garçon très doué. Pour l'école comme pour le foot. Il joue en défense.

Morgane est la preuve vivante qu'on peut être une jolie fille et marquer des buts.

Beau garçon, sûr de lui, **Ben** est le buteur des Lynx.

Zac est le meilleur ami de Luigi. Ce gros gourmand a encore du mal à trouver sa place dans l'équipe.

MAXI
VOYAGE
EN 2010!

un

Une récompense bien méritée !

SAMEDI 29 OCTOBRE. Raymond emmène son équipe dans le grand parc d'attractions de la région pour fêter leur victoire en finale de la coupe de l'école Victor-Tillon. Pour Malik et Plop, c'est une première !

La journée file à toute allure. Les enfants, excités comme des puces, courent d'une attraction à l'autre, passant en l'espace de quelques minutes d'un château médiéval à une ville du Far West, d'un sous-marin à une vieille navette spatiale du XXIe siècle.

Vers la fin de la journée, Raymond offre aux enfants une tournée de glaces. Si au cours du pique-nique qui a précédé, le coach a laissé ses joueurs échanger leurs impressions sur les attractions qu'ils avaient testées, cette fois, il souhaite revenir sur ce qui les réunit tous les huit depuis plusieurs semaines : le football.

– Vous m'avez étonné, les Lynx ! Je peux vous l'avouer maintenant, au début, je ne donnais pas cher de votre peau. En quelques semaines, vous vous êtes entraînés dur,

vous avez surmonté des épreuves difficiles et redressé des situations désespérées. Pour tout ça, et pour votre belle victoire en finale, bien sûr, je vous félicite…

– … mais, anticipe Morgane.

– Mais vous ne pouvez pas vous arrêter en si bon chemin. Dès lundi, comme vous le savez, la Coupe des vainqueurs de coupes commence, avec les premiers matchs de poule. La poule Est, dont vous faites partie, réunit les Wapitis, les Coqs et les Zèbres. Les vainqueurs de la poule Est et de la poule Ouest s'affronteront en finale.

– Les Coqs ont toutes les chances de remporter la poule ! s'esclaffe Zac.

– Pourquoi tu dis ça ? demande Raymond… avant de comprendre. Ah, je vois, c'est de l'humour… Bon, il y a autre chose : la Fédération permet aux huit équipes en lice de recruter un joueur supplémentaire.

Soudain, Plop éclate de rire.

– Pourquoi tu ris ? demande Morgane.

– Moi complis la blague de Zac ! fait Plop.

Le coach poursuit, imperturbable :

– Je pense que nous devrions recruter un deuxième gardien.

Plop n'a plus du tout envie de rigoler.

– Poulquoi ? Moi, pas assez bon ?

– Au contraire, Plop. Mais si tu te blesses ou si tu tombes malade, nous n'aurons plus de goal. Et sans goal, nous n'avons aucune chance de remporter cette compétition.

L'équipe n'a pas l'air convaincue :

– On pourrait proposer à Virgile, dit Malik.

– Ah non ! Il est trop perso ! lance Ben, qui ne veut surtout pas faire équipe avec son grand rival.

– Trop perso ? murmure Zac. J'en connais d'autres !

– Et pourquoi pas une fille ? suggère Morgane.

– Ah oui, et qui donc ? la défie Enguerrand.

Morgane n'a, hélas, aucune bonne joueuse à leur soumettre.

– Quoi vous penser Alz ? fait Plop à son tour.

Les joueurs échangent quelques regards en silence. Tout le monde semble d'accord. Arz est un joueur aussi talentueux que sympathique.

– Qu'est-ce que vous en dites, Raymond ? interroge Luigi.

– Je vous ai donné mon avis. Recruter un gardien serait plus raisonnable. Mais c'est à vous de décider.

– Alors c'est décidé, papi ! tranche Morgane. Plop, tu contactes Arz ?

Les deux extraterrestres ont une discussion téléphonique dans une drôle de langue. Au bout de trois minutes, Plop raccroche.

– Alz dile oui !

La journée tire à sa fin. Il reste juste le temps pour une dernière attraction. Les enfants se mettent tout de suite d'accord : ce sera le Train de l'espace ! Ils prennent place dans les wagonnets. Morgane et Luigi sont assis côte à côte.

– Prête ? demande Luigi.

Morgane acquiesce de la tête. En fait, elle n'est pas franchement rassurée. Derrière eux, Zac a surtout très peur de vomir.

– Je n'aurais peut-être pas dû prendre quatre boules de glace ! dit-il.

L'attraction tient toutes ses promesses : accélérations foudroyantes, descentes vertigineuses, virages serrés à souhait, le tout dans le noir... Luigi a le cœur qui bat à cent à l'heure, mais c'est moins à cause du Train de l'espace que de Morgane. Car son amie lui a pris la main à la première accélération... et ne l'a plus lâchée !

Vers 19 heures, Raymond dépose ses joueurs devant l'école.

– On a passé une excellente journée. Ce soir, vous vous couchez tôt. On se retrouve demain à 9 heures ici même, pour l'entraînement !

deux

Les Lynx jouent de malchance !

DIMANCHE, 9 h 15, devant l'école Victor-Tillon. Raymond est furieux. Seuls Morgane, Luigi, Ben et Enguerrand ont répondu présents, et encore, pas un n'était à l'heure ! Pour Plop, c'est plus ennuyeux, car il est malade et il ne remettra pas les pieds à l'école avant jeudi. Résultat, il ne jouera pas contre les

Zèbres. Quant à Zac, Arz et Malik, ils n'ont même pas daigné appeler l'entraîneur pour s'excuser ou simplement le prévenir.

– Eh bien, ça promet ! Si vous croyez que c'est comme ça que vous allez gagner la Coupe, vous vous fourrez le doigt dans votre œil de Lynx !

Morgane essaye de détendre l'atmosphère :

– Tu nous as vraiment porté la poisse, papi, avec ton histoire de gardien !

Mais Raymond n'est pas d'humeur à apprécier la plaisanterie.

Pour compléter le tableau, Luigi ne pourra pas non plus jouer le premier match.

– Ma mère m'a pris un rendez-vous chez le médecin depuis des mois et elle ne peut pas le déplacer.

– Bon, il ne vaut mieux pas y penser pour l'instant, conclut Raymond. Allons plutôt nous entraîner !

En route pour le stade, Enguerrand s'interroge tout haut :

– Qui va remplacer Plop ?

Les volontaires ne se bousculent pas !

– Moi, je veux bien être goal, reprend Enguerrand. Avant de jouer avec les Lynx, on me mettait toujours dans les buts...

La séance est consacrée à l'entraînement d'Enguerrand, le nouveau gardien. Morgane, Luigi et Ben en profitent pour s'exercer à tirer dans différentes positions et à différentes distances.

Le lendemain, le directeur a décidé de fermer plus tôt les portes de l'école et il a réservé un gros hélicar pour permettre aux enfants qui le souhaitent d'assister au match des Lynx, à l'autre bout de la ville. Les enseignants ne sont pas en reste : ils ont passé l'après-midi à travailler avec leurs élèves sur les textes des banderoles, les chansons des *pom-pom girls* et la reproduction sur des supports variés de l'écusson des Lynx.

Avant de faire monter les enfants dans l'hélicar, monsieur Lapière ne peut s'empêcher de prononcer un discours, qu'il conclut par ces mots :

– Si Victor Tillon nous regarde de là-haut, il doit être fier de l'école qui porte son nom !

Le directeur ne sait pas encore que Luigi et Plop ne joueront pas…

À 18 heures, les deux équipes entrent sur le terrain. Enguerrand joue dans les buts, Malik et Morgane en défense, Ben occupe le poste de meneur de jeu. Il porte le brassard de capitaine. Arz joue avant-centre.

C’est parti ! L’arbitre, un des profs de gym de l’école Martin-Tamarre, siffle le début du match. Comme c’était prévisible, les Lynx, déroutés par les absences de Luigi et de Plop, sont dominés de la tête et des épaules. Ils encaissent un premier but après seulement deux minutes de jeu sur un tir

lointain des Zèbres. Enguerrand s'est laissé surprendre par un faux rebond !

Quelques minutes plus tard, il réussit à repousser un tir puissant, mais dans les pieds mêmes de l'attaquant, qui n'a plus qu'à mettre le ballon au fond des filets. Les Zèbres mènent 2-0. Puis 3-0, juste avant la mi-temps, après une sortie hasardeuse d'Enguerrand.

Si le nouveau gardien ne s'est pas montré à son avantage dans les buts, il n'a pas été beaucoup aidé par ses partenaires : à aucun moment Ben et Arz ne sont redescendus pour prêter main-forte à la défense.

Raymond décide de remplacer Enguerrand par Zac dans les buts. Après lui avoir confié ses gants, Enguerrand s'apprête à se rhabiller, mais Raymond le retient. Il préfère faire sortir Arz, dont le mécontentement peut se lire dans ses trois yeux. Enguerrand retrouve ainsi son poste de défenseur aux côtés de Malik, et Morgane celui d'avant-centre.

La deuxième mi-temps est plus équilibrée. Zac s'en sort très honorablement dans les buts et, grâce à Malik, les Lynx retrouvent le jeu collectif qui leur avait fait défaut. À la treizième minute, Ben reprend de la tête un centre parfait de Morgane, réduisant ainsi le score. Mais ce but arrive trop tard ; les Lynx subissent leur première défaite : 3-1 pour les Zèbres.

Dans l'hélicar qui ramène les enfants à l'école, l'ambiance n'est pas à la fête. Les Lynx s'en veulent d'avoir aussi mal joué.

– Plop et Luigi nous ont beaucoup manqué, relativise Ben.

– Il n'y a pas que ça, réplique Malik. On n'a pas joué assez collectif.

– Et puis, on s'est un peu endormi sur nos lauriers, soupire Morgane.

Quelques sièges devant, monsieur Lapière discute avec Raymond.

– Je ne crois plus guère à la qualification.

– Pas si vite, monsieur le directeur ! Il reste deux matchs à jouer… C'est simple, si les Lynx ne décrochent pas leur billet pour la finale, je me rase la boule à zéro !

De son côté, la rencontre qui opposait les Wapitis et les Coqs s'est achevée sur la victoire des Wapitis : 1-0.

trois

Un nul, c'est vraiment nul !

JEUDI 3 NOVEMBRE, 18 heures. Les Lynx, qui ont retrouvé leur gardien de but attitré et leur meneur de jeu, alignent leur équipe type contre les Coqs : Plop, encore un peu fragile, Malik, Enguerrand, Luigi et Ben. Ils comptent bien se rattraper après le match calamiteux qu'ils ont livré contre les Zèbres. Ben et Zac ne doutent pas un instant qu'ils vont remporter cette rencontre.

– On va plumer les Coqs ! affirme Ben.

– On va semer la panique dans la basse-cour ! renchérit Zac.

Les deux équipes entrent sur le terrain. Avec leur maillot tacheté et les cocoricos sonores de leurs supporters, les Coqs ne font pas dans la discrétion !

Les Lynx débutent bien la rencontre : à la troisième minute de jeu, Ben est fauché dans la surface de réparation. Il se charge de tirer le penalty et ouvre le score.

Dans les minutes qui suivent, les Lynx se procurent encore deux occasions dangereuses, mais les Coqs égalisent, contre le cours du jeu, sur un tir qui paraissait anodin : le ballon passe sous le ventre de Plop, qui s'est couché trop tard. Les Coqs prennent même l'avantage juste avant la pause, sur une contre-attaque fulgurante : l'avant-centre se présente seul devant Plop et gagne son duel.

À la mi-temps, les Coqs mènent 2-1. Si le score en reste là, les Lynx sont éliminés. Raymond décide de remplacer Plop, qui n'est pas au meilleur de sa forme, et de donner sa chance à Zac. Arz entre à la place d'Enguerrand : il épaulera Ben en attaque.

Malgré une nette domination, les Lynx n'arrivent pas à retrouver le chemin des filets après la pause. À la cinquième minute,

Arz voit sa reprise de volée heurter la transversale, et trois minutes plus tard c'est le poteau qui sauve le gardien des Coqs sur un joli coup de tête de Ben.

À la dixième minute, sur l'une des rares attaques des Coqs, Zac réussit un arrêt aussi surprenant qu'efficace… du genou !

Il ne reste que trois minutes à jouer. Luigi ne veut pas s'avouer vaincu.

– L'aventure ne peut pas s'arrêter là !

Seulement, tous les Coqs sont regroupés en défense, formant un rideau quasi impénétrable. Luigi décide de tenter sa chance de loin, mais il manque complètement sa frappe. Par bonheur, le ballon est contré par un défenseur et le gardien pris à contre-pied. C'est l'égalisation : 2-2 ! Ce but n'est peut-être pas un bijou, mais il vaut de l'or !

Raymond est soulagé. Les Lynx ont évité de justesse une nouvelle défaite.

– Vous vous en tirez bien, les enfants, explique-t-il à ses joueurs. Les Wapitis et les Zèbres ont également fait match nul, 1-1. Si les Wapitis avaient gagné, ils auraient décroché leur place en finale dès ce soir. Vous avez encore une chance, infime, de vous qualifier. Mais votre sort n'est plus entre vos mains !

– Qu'est-ce que ça veut dire, Raymond ? demande Malik.

LYNX

– Eh bien, il faudra non seulement que vous remportiez votre prochain match, mais aussi que les Coqs battent les Zèbres. Car un nul suffirait aux Zèbres pour aller en finale.

Luigi et ses copains réalisent qu'ils se sont mis dans une situation impossible en ratant leur premier match.

– Et ce n'est pas tout, poursuit Raymond. J'ai fait un petit calcul : imaginons que vous gagniez et que les Coqs gagnent. Un point pour un match nul, plus trois points pour une victoire : chaque équipe comptera donc quatre points. Tout se jouera alors à la différence de buts.

Zac a du mal à suivre. Il soupire :

– Si en plus il faut être bon en maths...

– Allons, Zac, ce n'est pas si compliqué. Comme vous avez pris deux buts contre les Zèbres, pour vous qualifier, il faudra l'emporter par deux, voire trois buts d'écart contre les Wapitis.

Le week-end suivant, les Lynx s'entraînent avec beaucoup d'application. Les enfants veulent encore y croire. Toutefois, il y en a une qui a parfois du mal à se concentrer sur le ballon, c'est Morgane. Car, au fil des jours, elle est tombée amoureuse de Luigi. Son grand-père n'a pas mis longtemps à s'en apercevoir.

« Manquait plus que ça ! se dit-il. Des tourtereaux chez les Lynx ! »

quatre

Le match de la dernière chance

Lundi 7 novembre, 18 heures. Les Lynx sont motivés comme jamais. Beaucoup de supporters ont fait le déplacement malgré les mauvais résultats de leur équipe. Raymond aligne une équipe résolument offensive, avec deux attaquants, Ben et Morgane, pour un seul défenseur, Malik. L'arbitre siffle le début du match. Sans perdre un instant, les Lynx se lancent à l'assaut des buts adverses.

À la cinquième minute, sur la première attaque construite des Wapitis, Malik récupère le ballon, le passe à Luigi, qui, dans la foulée, lance Morgane en profondeur. Seule face au gardien, l'attaquante n'hésite pas : elle le dribble d'un joli crochet du gauche et pousse la balle au fond des filets. 1-0 pour les Lynx !

À peine trois minutes plus tard, Ben double la mise en reprenant de volée un centre de Malik. À la mi-temps, les Lynx mènent 2-0. Est-ce que ce sera suffisant pour assurer la qualification pour la finale ? Pas si sûr… Raymond est en liaison permanente avec un de ses amis qui assiste au match opposant les Zèbres et les Coqs. Les nouvelles ne sont pas bonnes : il reste deux minutes à jouer en première mi-temps et les Zèbres mènent 1-0, ce qui ne fait pas les affaires des Lynx. Le coach se garde bien d'en informer ses joueurs.

Pour la deuxième mi-temps, Arz remplace Morgane en attaque. Et Zac ? Raymond hésite : le fait-il jouer en défense ou dans les buts ? Finalement, le coach le fait entrer à la place de Plop. Après tout, lors de ses deux premiers matchs, il n'a pas encaissé de but.

Les Wapitis rentrent sur le terrain, bien

décidés à revenir au score. En moins de trois minutes, ils se créent deux occasions dangereuses. Sur la première, Zac est sauvé par son poteau ; sur la seconde, il parvient, au prix d'un magnifique plongeon, à détourner le ballon en corner.

À la huitième minute, les Lynx, bien que dominés, aggravent le score : Arz, dos au but, reprend de la tête un centre de Luigi. Les Wapitis accusent le coup et, deux minutes plus tard, les Lynx en profitent pour inscrire un quatrième but, Ben concluant un double une-deux avec Malik. C'est le septième but de l'avant-centre des Lynx !

À 18 h 38, l'arbitre siffle la fin du match. Les Lynx ont atomisé les Wapitis ! Mais l'heure n'est pas encore aux réjouissances, Luigi et son équipe l'ont bien compris, qui se précipitent vers Raymond pour demander le score de l'autre rencontre. Après avoir

égalisé 1-1 à la onzième minute, les Coqs viennent d'inscrire un second but. L'attente est insupportable, elle dure bien un siècle.

– Ce serait trop injuste d'être éliminé maintenant ! s'exclame Ben.

Il reste moins d'une minute à jouer et les Zèbres sont à l'attaque. Il leur suffirait d'un nul pour aller en finale. Leur avant-centre récupère le ballon dans une bonne position, il tire… Ouf, la frappe est mal cadrée ! Les Lynx sont qualifiés pour la finale et Raymond n'aura pas à se raser le crâne. Enfin, les joueurs peuvent laisser éclater leur joie !

Cependant, Luigi s'est éclipsé avec Morgane. Se croyant à l'abri des regards indiscrets, il l'embrasse sur la bouche. Au grand cri que pousse Élisa, la meilleure copine de Morgane, les deux amoureux comprennent que ce baiser n'est pas passé tout à fait inaperçu !

FIN

TABLE DES MATIÈRES

Emmanuel Trédez

J'ai toujours beaucoup joué au football : dans les jardins publics, à la maison (au grand désespoir de mes parents, pour la casse, et de mes voisins du dessous, pour les plongeons bruyants)… mais j'ai toujours préféré le « foot de cour ». Au collège, à l'heure du déjeuner, on jouait sur le terrain de handball ; c'est les grands de troisième qui formaient les équipes. Au lycée, on réquisitionnait le terrain de basket, et pour marquer, il fallait toucher le poteau. Une année, loin d'être favorite, mon équipe avait remporté le tournoi ! Aujourd'hui, j'ai moins l'occasion de jouer au foot, sauf parfois avec mon fils… quand il est d'accord !

Clément Devaux

Clément Devaux est né en 1979. Droitier, il est issu du centre de formation des Arts déco de Paris. Depuis 2004, il évolue au poste d'illustrateur au sein des plus grands clubs, tels que le F.C. Nathan, l'A.C. Bayard ou le Dynamo Gallimard. Joueur polyvalent, il compte à ce jour une quinzaine de réalisations en championnat, dont la BD *Anatole Latuile* en compagnie du duo d'attaque Anne Didier et Olivier Muller.

DÉCOUVRE UN AUTRE TITRE DE LA COLLECTION

premiers romans

Ben sur la touche

Une série écrite par Emmanuel Trédez
Illustrée par Clément Devaux

« – Morgane ! Morgane ! On peut avoir un autographe, s'il te plaît ?

Ce lundi 24 octobre, à la récré de 10 heures, trois filles de CP tendent un stylet à Morgane pour qu'elle appose sa signature sur leur tablette numérique.
Morgane est un peu surprise par la demande des filles. Elle n'a pas encore réalisé que depuis la demi-finale de mini-foot contre les Alligators, quelques jours plus tôt, elle est devenue une star à l'école Victor-Tillon. Surtout, ce matin-là, son portrait s'affiche à la une du deuxième numéro d'Allez les Lynx ! »

Les Lynx profitent de leur victoire et sont les stars de l'école. Mais il ne faudrait pas que cette soudaine célébrité sème la zizanie dans l'équipe…